A Helena

Primera edición: abril 1990
Vigésima cuarta edición: abril 2009

Dirección editorial: Elsa Aguiar
Ilustraciones: Emilio Urberuaga

© Gloria Cecilia Díaz, 1990
© Ediciones SM
   Impresores, 2
   Urbanización Prado del Espino
   28660 Boadilla del Monte (Madrid)
   www.grupo-sm.com

ATENCIÓN AL CLIENTE
Tel.: 902 12 13 23
Fax: 902 24 12 22
e-mail: clientes@grupo-sm.com

ISBN: 978-84-348-3095-0
Depósito legal: M-9118-2009
Impreso en España / *Printed in Spain*
Orymu, SA - Ruiz de Alda, 1 - Pinto (Madrid)

EL BARCO  DE VAPOR

La bruja de la montaña

Gloria Cecilia Díaz

Ilustraciones de Emilio Urberuaga

La bruja de la montaña
más pequeña
recogió su sombrero
y miró con tristeza
la escoba voladora.
Ya no podría volver a usarla,
pues acababa de estrellarse
contra uno de los árboles
que rodeaban su choza.
La escoba estaba
hecha pedazos
y era la quinta escoba
que perdía.

La bruja sintió
un fuerte ardor en la cara.
Sacó un espejito de su bolsa
y vio su rostro lleno de arañazos.
Furiosa, gritó:

—¡Voy a tumbar
todos estos árboles!
¡Todos!

Los árboles se estremecieron
ante la amenaza.
Sus ramas se agitaron
con desesperación.

El viento gimió con dolor
y la montaña entera se dio cuenta
de que algo muy grave
iba a ocurrir,
pues la bruja
estaba hecha una furia.
   —¡Os voy a tumbar!
–seguía diciendo la bruja–.
No puedo estrellarme de nuevo.

8

Las escobas voladoras
cuestan mucho dinero.
¡No dejaré ni un solo árbol
en esta montaña!
    Cuando la bruja se cansó
de gritar y amenazar,
se retiró a su choza.
La montaña se quedó
verdaderamente desesperada.

Oscureció.
Los árboles,
que no habían podido calmarse,
susurraban,
lloraban
y discutían la manera de salir
de semejante apuro.
Amaban esa montaña.
Ése era su sitio
desde que habían nacido.
Eran parte de él.

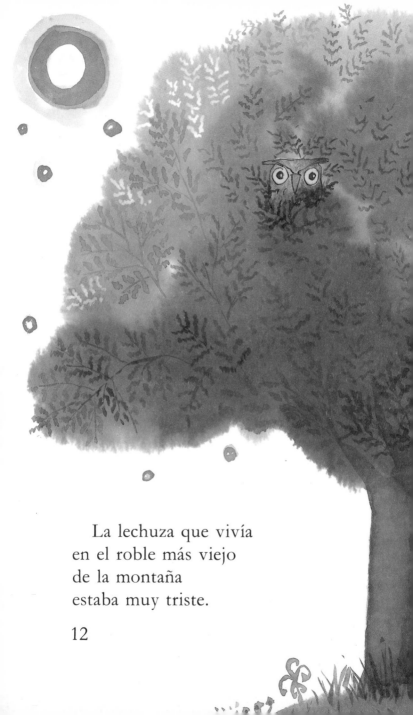

La lechuza que vivía
en el roble más viejo
de la montaña
estaba muy triste.

Iban a tumbarle su casa:
el hermoso roble que,
además de darle albergue,
era su amigo.

13

  Las ardillas que vivían
en el árbol vecino
no se habían podido dormir.
Estaban reunidas
alrededor de un cuervo
que estaba de paso,

14

y éste les aconsejaba
irse a otra montaña.
Pero ellas,
como los árboles,
pertenecían a la montaña más pequeña
y no iban a abandonarla.

Mamá ardilla
tenía una idea en la cabeza,
y con un poco de miedo
la comunicó a las demás:
—Podríamos hablar
con las otras brujas...
—¡Hablar con las otras brujas!
–gritaron las demás ardillas.

La lechuza
por poco se cae del árbol.

—¿Llamar a las otras brujas?
Qué ardilla más loca —murmuró.

—No es una mala idea
—dijo el cuervo.

Empezaron entonces una discusión
que duró toda la noche.

El sol salió,
se metió entre las ramas
e iluminó toda la montaña.
Sus rayos atravesaron el techo
de la casa de la bruja
y la despertaron.
Ésta se levantó.
Recordó entonces
que tenía
algo muy importante que hacer
ese día.

—Ja, ja, ja.
Hoy haré
una preciosa pista de aterrizaje.
Limpiaré de árboles mi montaña
y así no volveré a estrellarme.

La montaña se quedó sin aliento
cuando vio salir a la bruja
con su hacha al hombro.

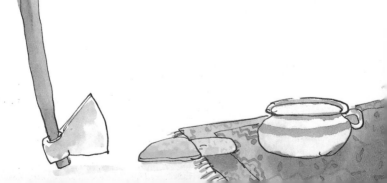

Súbitamente,
el viento comenzó a soplar.
Los animales abandonaron sus cuevas,
sus huecos en los árboles,
sus nidos,
para formar una barrera
entre la bruja y los árboles.
Pero la bruja los apartó
pronunciando unas palabras mágicas.
Los pajaritos
picotearon su sombrero
y la mano que sostenía el hacha,
pero la bruja ni se dio cuenta.
Y tampocó oyó un gemido sordo
que salía del corazón profundo
de la montaña más pequeña.

21

Siguió su camino
rumbo a los árboles.
Iba silbando,
imaginando ya la montaña pelada,
libre de troncos y ramas.
Libre de todo lo que impidiera
un perfecto aterrizaje.
De pronto, algo la obligó a detenerse.
Un sonido que ella conocía bien:
el sonido de las escobas en vuelo.

—¡Las brujas!
–gritó mamá ardilla.
   Todos miraron al cielo
y vieron aparecer
en esa mañana de sol
una fila de brujas
sobre sus escobas voladoras.
Las brujas sobrevolaron la choza
y aterrizaron
sin tocar la rama de un árbol.

Una bruja de grandes ojos verdes
se apeó de su escoba y dijo
a la bruja de la montaña más pequeña:
—¿Qué vas a hacer, Alina?
¿Adónde vas con el hacha?

—Yo... pues... bueno...
–la bruja Alina
no sabía qué contestar.
Los animales miraban la escena
sin atreverse a decir nada.
—Vas a cortar los árboles,
¿no es verdad?
Anoche
oímos el murmullo desesperado
de la montaña más hermosa
y más pequeña.
No, Alina,
tú no cortarás los árboles
–le dijo con firmeza
la bruja de ojos verdes.

Mamá ardilla miró a los animales
como diciéndoles:
«¿Veis? Yo tenía razón.
No era una mala idea
llamar a las otras brujas».

—Si acabas con los árboles,
no tendrás más sombra,
Alina
—explicó una bruja delgadita,
de pelo muy blanco.

Entonces, una a una,
las brujas dijeron:

—Si cortas los árboles,
los riachuelos se secarán.

—Los pájaros se irán a otro lado.

—Las ardillas partirán
en busca de otro abrigo.

—Las flores morirán.

—Como no habrá árboles,
no tendrás frutos.

—Con las flores,
las mariposas y los pájaros,
se irán los colores de la montaña.

—Ningún trino alegrará la mañana.

—El canto de los grillos
no te adormecerá en la noche.
—Probablemente
ni siquiera el arco iris
volverá a una montaña tan triste
–terminó diciendo una bruja gorda
que montaba en dos escobas.

Alina las miró con asombro.
Era verdad,
su montaña no sería la misma
sin los árboles.
Había estado a punto
de cometer una barbaridad,
pero ¿y sus escobas?

—¿Cómo haré para aterrizar?
—se atrevió a preguntar Alina—.
Cada vez me estrello
contra los árboles.

—Aprenderás a aterrizar
sin tocar la rama de un árbol.
Nosotras te enseñaremos —le dijo
la bruja de cabello blanco.

Y agregó:

—Como no hay tiempo que perder,
las clases empezarán ahora mismo.

    —Malia
—se dirigió a la bruja gorda—,
tú le enseñarás.
Y tú también, Elia
—dijo a una bruja bajita,
peinada con una trenza
que le llegaba a la cintura.

Las brujas le dejaron a Alina
una escoba nueva
y alzaron el vuelo.
Entonces
el viento silbó con alegría.
A su compás,
los árboles y los animales
bailaron gozosos
y la montaña entera
respiró aliviada.

El cuervo
se despidió de sus amigos
con un graznido de contento,
mientras bandadas de pájaros
revoloteaban alrededor de las ramas.

Malia, Elia y Alina sonrieron
ante el bullicio de la montaña.
Alina contempló su nueva escoba
y, sin dudarlo un instante,
se subió a ella de un salto.

—¡Ah, no! —exclamó Malia—.
Ésa no es manera
de subirse a una escoba voladora.

Alina se bajó entonces
precipitadamente
y, en su prisa,
tropezó y se cayó.

Elia no pudo contener la risa.

—Con razón te estrellas tanto
–dijo Malia.

Tomó con delicadeza
la escoba de Alina
y le mostró la forma
de subirse y bajarse sin prisas.

—No hay que poner
la escoba en el aire, Alina.

Simplemente
apoyas el ramaje en el suelo
y ya está.
Luego la tomas
como si fuese un caballito,
inclinas la parte de delante
y así ella comienza
a despegar lentamente.
A ver, Elia,
muéstrale cómo se hace.

Elia tomó la escoba,
despegó con suavidad
y efectuó un pequeño vuelo
alrededor de Alina
mientras le decía:

—A una escoba voladora
hay que tratarla
con suavidad y cariño.
Es más ligera que el viento,
Alina.

Es como una ramita
que puede quebrarse
al menor movimiento brusco.

  Alina miró la escoba
como si la viera por primera vez.
¿Era tan delicada
una escoba voladora?
Recordó entonces
una vez que había tomado su escoba
para barrer el patio
detrás de la choza.
Al primer escobazo,
la escoba se partió en pedacitos.
Nunca se lo contó a nadie.
Se dio cuenta entonces
de que no se barría
con una escoba voladora.

  —Yo sé volar —dijo Alina—,
pero no puedo aterrizar
con tanto árbol.

  —No, Alina,
los árboles

41

no son el verdadero problema.
Ya verás.

    La bruja Malia
se montó en sus dos escobas.
A pesar de ser tan gorda,
alzó el vuelo despacito
como si fuera una pluma.
Voló sobre los árboles
y, después de rodear
un hermoso pino,
empezó a descender
meciéndose de derecha a izquierda.
De esa manera
esquivó las ramas.
Segundos después
aterrizó suavemente
entre Alina y Elia.

Alina no salía de su asombro.

—Nunca podré hacer algo semejante –dijo dirigiéndose a Malia.

—Sí que podrás.
Vamos, toma tu escoba.

Alina se precipitó sobre la escoba

y la abordó de un salto.

—¡No, así no! Con calma.
Vuelve a comenzar
–le ordenó Malia
mientras se rascaba la cabeza
con impaciencia.

Alina se bajó de la escoba
y volvió a subirse a ella
con más delicadeza.

—Ahora despega despacio,
muy despacio
–le dijo Elia.

46

Alina despegó seguida de Malia.
Se sintió liviana,
contenta.
¡Qué diferente era volar sin prisa!
Era como navegar
en un mar invisible.

47

Alina sobrevoló los árboles.
Contempló desde lo alto
el verdor de su montaña.
Todo iba bien,
hasta que le dio
por rodear el pino
como había hecho Malia.
Hizo una cabriola
y perdió el control de la escoba,
que se puso a dar vueltas
como loca.

—¡Sapos y centellas!
¡Alina, frena!
¡Habla a tu escoba,
pídele que vaya más despacio!
—le gritó Malia.

—Escobita..., escobita...,
no tan rápido, por favor
—dijo Alina
un poco asustada y sorprendida,
pues no sabía
que se podía hablar
con las escobas.
Francamente
había muchas cosas que ignoraba.

La escoba obedeció
y Malia pudo ponerse
a la altura de Alina.

—Ahora vamos a bajar, Alina;
y, por favor,
no acabes con mi paciencia.

Bajaron lentamente.
Malia delante, Alina detrás.

—Fíjate bien
cómo esquivo las ramas, Alina.

Alina la imitó.
Pero cuando ya estaba
a punto de tocar tierra,
se enredó
en la rama más baja de una encina
y fue a estrellarse
de narices contra el tronco.

—¡Ranas y centellas!
–gritó Elia
mientras corría en auxilio de Alina.

Un poco mareada y con arañazos,
Alina sólo pensó en su escoba.

—Ya he roto otra escoba
—dijo a punto de llorar.

—No, no se ha roto
—le dijo Elia con ternura.

Malia se rascó la cabeza
y afirmó que ya era suficiente
por ese día.

Las brujas acompañaron a Alina
hasta su choza
y partieron.

Al día siguiente
siguió la lección.
    La montaña entera
observaba paso a paso
el ir y venir de las brujas.
Y cada vez que a Alina
le tocaba volar,

las ardillas, los pájaros
y hasta las mariposas
se escondían.
Los pobres árboles
trataban de contener
el temblor de su ramaje
para no empeorar las cosas.

Durante toda una semana,
Elia y Malia
dieron lecciones a Alina.
Ésta fue descubriendo,
poco a poco,
las maravillas del vuelo
y los secretos del aterrizaje.
    Los animales dejaron de esconderse
y las ramas no volvieron a temblar.
El viento
acarició a la brujita con dulzura
cuando ella, allá en lo alto,
rodeó al hermoso pino
y aterrizó luego
sin tocar la rama
de un árbol.

Malia y Elia estaban contentas.
El sábado,
último día de las clases,
Alina remontó los aires sola.
Sobrevoló la montaña más pequeña
y, después de contemplar
el tupido ramaje,

descendió lentamente.
Abajo se encontró a todas las brujas
que habían venido
de todas las montañas
para contemplar
el aterrizaje más perfecto
que Alina había hecho jamás.